La Luna
se fue de fiesta

por Matthew Gollub

ilustraciones de Leovigildo Martínez

Traducido por el Dr. Martín Luis Guzmán

TORTUGA PRESS

Spanish language copyright ©1997 by Tortuga Press
Text copyright ©1994, 1997 by Matthew Gollub
Illustrations copyright ©1994, 1997 by Leovigildo Martínez Torres
Title of the original English edition: The Moon Was at a Fiesta.
Printing: 5   6   7   8   9

Reservados todos los derechos. Las ilustraciones a todo color son acuarelas en papel con textura y con gouache y acrílico para lograr hermosos destellos.

Library of Congress Catalog Card Number: 97-90855

Publisher's Cataloging in Publication
(Prepared by Quality Books Inc.)
Gollub, Matthew.
    [The moon was at a fiesta. English]
    La luna se fue de fiesta / por Matthew Gollub; ilustraciones de
  Leovigildo Martínez ; traducido por Martín Luis Guzmán. — 1st Spanish ed.
  p. cm.
  ISBN: 1-889910-12-0 (hc)
  ISBN: 1-889910-14-7 (pb)
  SUMMARY: Jealous of the sun, the moon decides to create her own
  fiesta and celebrates a bit too much.

    1.Moon—Juvenile fiction. 2. Mexico—Juvenile fiction. I.
  Martínez, Leovigildo, ill. II. Title.

PZ7.G583Mo 1997   [E]   QBI97-40895

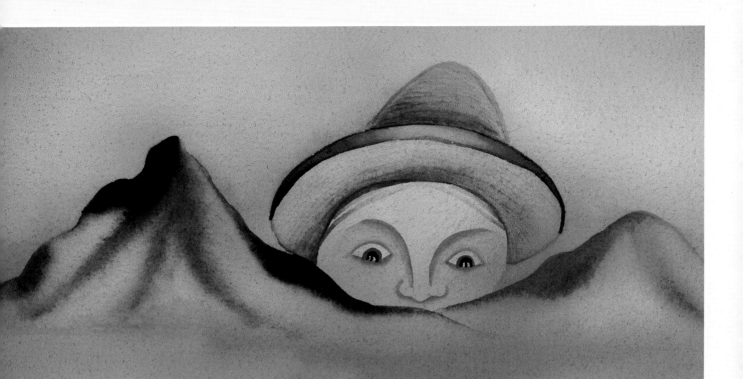

Para Daria y Gabrielle M.G.

Para mis padres, Leovigildo y Lidia, con mi afecto   L.M.

Durante miles de años, el Sol y la Luna permanecieron cada uno en sus diferentes cielos. El Sol brillaba a lo largo del día, mientras la gente hacía sus faenas.

El trabajo de la Luna era velar los sueños de la gente.

Ambos estaban felices con ese arreglo hasta que una noche la Luna escuchó los chismes de las estrellas. Algunas de las estrellas deseaban salir con el Sol. "Todas las fiestas", decían, "suceden bajo los brillantes rayos del Sol. Y esas son las ocasiones cuando la gente se pone sus mejores galas".

La Luna se imaginó qué tan solita se quedaría si las estrellas la abandonaban. Entonces, trató de aprender el secreto del Sol para divertirse y se quedó despierta mientras salía el Sol. Pero, tarde o temprano el sueño la venció.

Y he ahí que una tarde un gran alboroto la despertó. Con los ojos todavía medio dormidos, clavó la mirada en la Tierra. Observó fuegos artificiales montados en animalitos de juguete, girando y estallando sobre las cabezas de la gente.

Altísimos monigotes, colocados sobre zancos, bailaban dando vueltas y vueltas. El Sol, muy feliz, se reía mientras hacía su recorrido a través del cielo. La Luna escuchó que la gente llamaba a esa celebración una fiesta.

La Luna sintió envidia de ver a tanta gente cantar y bailar durante todo el día. En la noche, la gente nada más dormía para poder despertarse temprano y empezar a trabajar pronto en sus campos. Ella nunca había visto tanta alegría.

"Yo haré mi propia fiesta", decidió la Luna en voz alta.

"Más te vale no intentarlo", le advirtió el Sol. "Si lo haces, vas a perder tu fuerza y romper el equilibrio del mundo".

A pesar de ello, la Luna quiso complacer a las inquietas estrellas. Y esa misma noche reunió a los veladores que cuidaban el pueblo.

"¡Una fiesta de noche sería magnífica!", exclamaron todos, pues ellos también tenían que dormir durante el día.

"Entonces, para la fiesta", dijo la Luna, "vamos a necesitar comida y bebidas". Recordó lo que había visto esa tarde. "Y música", añadió, "para que todo mundo pueda bailar".

A medida que las otras personas salían de sus hogares a escuchar la novedad, la Luna preguntó qué debía hacer para que *su* fiesta fuera muy especial.

"¿Por qué no hacemos que cada quien traiga farolitos?", parloteó la muñeca gigantesca, acercándose a escuchar la discusión.

"Los faroles por la noche se ven bonitos", charloteó el otro monigote. Este muñeco señaló una de las lamparitas, y todo mundo decidió traer faroles de papel.

En seguida, la Luna escogió a los padrinos que tendrían que llevar la comida. Los padrinos se encaminaron a la orilla del río donde los toros, armadillos, jabalíes e iguanas bajan por la noche a beber el agua dulce.

Cuando los padrinos dijeron que necesitaban comida para la fiesta, los animales estuvieron de acuerdo en ayudar a honrar a la Luna.

En ese momento, una sirena se deslizó a través del agua. "Yo puedo traer camarones y pescado", ofreció.

"¡Entonces ven a la fiesta con nosotros!", le dijeron los padrinos desde la orilla. La sirena se sumergió en busca de sabrosos mariscos.

Los padrinos adornaron el lugar de la fiesta y esperaron ansiosos a que anocheciera. El mole, los tamales y la sopa de pescado estaban listos.

La gente se vistió con su ropa de domingo y hasta se pusieron máscaras de madera. Entonces todos se reunieron en medio del brillo de los farolitos y con alegría empezaron a comer, beber y bailar.

La Luna se acordó cuanto se divertía el Sol mientras cruzaba el cielo. Ahora, ella se sentía igual de contenta. Resplandecía la Luna, contemplando su fiesta. Las estrellas estaban tan encantadas que destellaron más que nunca, y ninguna dijo ni una sola palabra acerca de salir con el Sol.

También en la Tierra lo pasaban de lo lindo, particularmente los hombres que le ofrecían a la Luna algo de comer y beber. La Luna, que nunca había probado alimento, disfrutaba tanto los sabores que permaneció en lo alto. Le dieron un poquito más. Y luego otro poquito más.

Finalmente, la Luna comió tanto que ya no pudo moverse a través del cielo. La gente perdió la noción del tiempo y la fiesta se alargó y se alargó. ¡Y antes de que se dieran cuenta, el Sol empezó a salir y la Luna se olvidó de ocultarse en el cielo!

Ella observó al Sol brillar tan contento como siempre, mientras que la gente cansadísima se arrastraba a dormir a sus casas. ¡En lugar de velar los sueños de la gente, la Luna la había tenido de fiesta toda la noche!

La Luna, reducida a una pálida luz, se dio cuenta del problema que había causado. El maíz no se molió esa mañana ni los campos se araron. Las siembras tendrían que plantarse con retraso y no crecerían tan hermosas.

Durante años, la arrepentida Luna mejor se quedó como antes en su cielo de noche. Pero nunca olvidó todo lo que ella y las estrellas disfrutaron aquella noche. Y aún hoy en día, de vez en cuando, le gusta quedarse a celebrar.

Por eso, en Oaxaca, cuando la gente se levanta con el Sol y ve a la Luna dice: "La Luna se fue de fiesta".

Sobre la Luna y las Fiestas

Tradicionalmente, muchas de las culturas oaxaqueñas prehispánicas estudiaban el cosmos con sumo cuidado. Los mayas, al sureste de Oaxaca, desarrollaron calendarios muy elaborados y hasta más exactos que los empleados en la actualidad. Los zapotecas y los mixtecas también demostraron una conciencia semejante en la construcción de sus pirámides y ciudades, así como en la planeación de los ritos religiosos. Aún hoy en día, los oaxaqueños observan atentamente la Luna en busca de indicios para predecir el tiempo y sembrar sus campos en las mejores condiciones. Si a la Luna se la venera como fuente de belleza y vida, afectuosamente se cree que posee cualidades humanas.

Los oaxaqueños son además famosos por sus fiestas, tema favorito en la pintura del señor Martínez. Que el estado cuenta con diecisiete diferentes grupos étnicos, dispersos en siete regiones geográficas, ayuda a explicar el asombroso número de festividades locales. El Día de Muertos, La Noche de los Rábanos, El Lunes del Cerro se encuentran entre las más conocidas, pero también los pueblos patrocinan cientos de celebraciones para conmemorar hechos históricos, santos, héroes y ritos ceremoniales.

Los siguientes elementos son comunes a las fiestas que se llevan a cabo a lo largo del estado:

Monigotes: Grandes figuras, a la manera de muñecos, construidas sobre estructuras de carrizo y con máscaras de *papier-maché*. La gente las viste con ropa y las hace girar, colocándolas sobre sus hombros de tal manera que parecen "bailar". Si se quiere que un monigote sea particularmente alto, el andero debe montarse en zancos y cargarlo por la parte interior.

Faroles: Lámparas de papel antiguamente utilizadas por los veladores. Cada farol contiene una pantalla de colores que cubre una vela pegada sobre un palito de carrizo.

Padrinos: Aquellos responsables de organizar la fiesta y encargarse de los gastos, la música y los alimentos.

Mole: Salsa oscura y sazonada elaborada con hasta treinta ingredientes. Contiene chiles, chocolate y muchas otras especias todas molidas en conjunto, y que típicamente se sirve con pollo o pavo.

Tamales: Masa de maíz al vapor rellena de mole, carne, frijoles negros o chiles, típicamente envueltos en hojas de plátano o maíz. Los tamales dulces se sazonan con pasas, pero no tienen relleno alguno. Dependiendo de la región, la carne puede ser de puerco, pollo, venado ¡y hasta iguana o armadillo!

Otros libros admirables de Matthew Gollub y Leovigildo Martínez incluyen:

LOS VEINTICINCO GATOS MIXTECOS
TÍO CULEBRA